神ならず

外川みのり

文芸社

目次

神ならず

I

十七の冬頃から二十の夏頃までの、その殆んど三年にもなる歳月を費やして、ようやく身に付けた一つの確固たる哲学に比べれば、現在の充樹の信じる哲学は余りにも脆く、誰の目にも必ず凡庸であり、窮地に立たされた子供の、その場凌ぎの言い訳のように聞こえないこともなかった。しかしながら、それは概ね、彼を取り巻く環境の目まぐるしい変化の為にであり、彼自身、その強過ぎる流れに抵抗をしなかったのでもないが、終には彼は諦め、すると、それまでのような長たらしい文章を書くことを止めて、心機一転、彼は詩を書き始めた。

彼の詩人に転向した理由として、やはり、その哲学の根底を成している重大の一条が深く関係していたが、それだけではなく、彼は元来他人よりも気分の変わりやすい質であり、本当に上手く行けば五、六秒で完成させられる詩こそ自分に打って付けの芸術であると、改めてそう思ったからでもあった。他にも俳句などの様々ある中で、彼の詩を選んだのは、詩は自由度の高過ぎる故に不自由であるのに対して俳句などは、その形式として、そもそものはじめから不自由であると考えたからだった。

しかし、彼は近頃は、その詩にも懐疑的だった。詩と言うのは全体として簡潔に纏める分、小説より難しくもあるが、それは飽くまで言葉の選抜の部分に於てであり、物語を創るのとは頭の使う所がまるで異なる為に、彼は徐々に自らの思考の鈍化、のみならず、停滞を感じ始めていた。そして、その不良は既に、彼の潜在意識をも侵しつつあった。例を挙げるとすれば、夢――。

彼はいつでも非常に現実的な夢ばかりを見た、と言うより、それは現れて来る人物や場所、季節等の細部に至るまで、実際と何ら変わらず、更に、その最中に彼はそれが夢であるということを半ば自覚し、これまでの幾度かの経験により、それなりに好き勝手を出来るということを知っていた。が、今となっては彼の向上心は殆んど無いに等しく、彼はその日常的の夢をいつも、いつも、日常のままに過ごした。空を高く飛んで見ることもせず、焦がれ憧れた牝馬の背に跨ることもせず……。

充樹はしかし、詩作により引き起こされた自身の病にも近いその状態に、さすがに危機感を覚え始めてもいた。そうであるから、彼は同じく芸術家である瀬川にそれとなく、相談を持ち掛けて見ようというのであったが、さっきから二人の間には会話らしい会話は一つもなく、互いに引っ切り無しに、煙草を吹かしてばかりいた。

II

充樹はそれまで通っていた高校を何とか無事に卒業すると、予てから憧れていた紀州の地に単身移り住み、十九歳の梅雨までの一年余りをそこに過ごした。彼の、特に紀州に憧れを抱いていたのは、何かの写真でしか見たことのないその土地の海こそ本物であると、いつからか固く信じ込んでいたからであるが、彼は実際にそれを目の前に見て、遂に、確信をした。この海になら、美しい人魚も必ず暮らしているだろうと、そうも思った。それからしばらくの間は、彼は海を眺めることをのみ生業とし、借りた広過ぎる家にも、眠る時にしか帰らなかった。

或る日、町に灯台のあることを風の便りに知ると、充樹は早速、準備を整えてそれを探しに出掛けて行った。そして、彼はその灯台の姿を浜辺の端から発見し、それは小高い丘の上に建っていたから、そこまで行けばより良い海を見られるに違いないと彼は考えた。が、灯台と言っても、それは実は三十年も前に使われなくなった灯台であり、当然ながら、そこへ続く道は疾うの昔に消滅していた。それだから、彼は一つのなだらかな山を越えた後で真っ暗い雑木林の中へと迷い込み、長いこと小動物が這いずった程度の紛らわしい細道を滅茶苦茶に歩き回っていたが、そのうちに運よく光を見付け、気が付くと、彼はいつの間にか目的の場所に辿り着いていた。

灯台はやはり、酷く古惚けていて、間近に観察をすると若干傾いてもいたが、彼は構わずにその根元に座り込むと、見下ろした。海はこれ以上ないほどに穏やかに凪いでいて、向こう側の防波堤に一列に並んだ釣人達は、糸を垂らしたまま何かの記念碑のように、我慢強く動かなかった。彼はそれから、ずっと南の方に目を遣り、水平線を境に海と空との色の対比が絶妙だった。どちらとも青く、それどころか空のほうが数倍も濃い青色をしていたが、しかし、海が青いことと空が青いこととは、よく似ているようでもあるが、少なくとも彼にはまったく次元の異なる独立した二つの事のように感じられた。それと同時に、彼はこの時に初めて、海が青いことを理解した。

海は実に色々な事を充樹に知らせてくれ、日を重ねるごとに、彼はそこの町の海をますます好きになって行った。が、本当の自然というのは人間を選ぶのだということをも、彼は知らされた。と言うのも、その辺り一帯に生まれ育った人々は最早、海になど何の愛着も持っておらず、寧ろ、その激しい海風や荒い波音の為に――充樹はそう推測した――彼等は誰も皆、随分と薄情な性格をしていた。実際に、最初のうちこそ充樹と親しくしていた数人も、相手の無口であるということをわかると、そそくさと立ち去って行き、それきり二度と彼の元に戻って来ることはなかった。

彼の梅雨明けと同時に更に西の方角へと移ったのには、それらの町民とのいざこざがまったく関係していない訳でもなかったが、しかしこの移住は先述した通り、殆んど彼の気分の変わりやすさに起因するものだった。

Ⅲ

先に彼を取り巻く環境の目まぐるしい変化とも言ったが、充樹は四国を転々とした後の現在は、何となく東京に暮らしていて、そしてやはり何となく気が向き、彼は今は一度、実家に戻って来ていた。

久方振りの故郷は相変わらず八方を険しい山に囲まれており、流れて来る空気の匂いだとか、住民の生活の様子だとかも、彼が出て行く前と何一つ変わってはいなかった。一つも新しくなっていないな……、とその初日に充樹も確かめながら、しかし、彼は安らぎを身体の真底に感じてもいた。結局のところ、人は自らの生まれ故郷にしか本当に馴染むことは出来ないのだと彼は改めて痛感し、それには、きっと、肉親の存在も大きかった。

彼の両親は今は、数年振りに再会した息子にこれまでの道中の出来事を事細かに訊ねて見たりと、昔のように打ち解けた態度でいたが、彼は何の連絡もなしに突然に帰って来たから、二人は初めは酷く驚き、それが自分達の息子であるということも俄には信じられなかった。尤も、それは彼が以前にも増して痩せ細っていて、二人の記憶している面影がどこにも殆んど残っていなかったからでもあるが。

何はともあれ、一人息子が帰って来たことにより、いくらか冷めていた夫婦間にも懐かしい温もりが蘇り、二人は内心、まずはそのことを喜んだ。そして次に、さながら青い鳥である息子をたっぷりと喜ばせようと考えた。父親は、欲しいものは何であろうかと充樹に下手な探りを入れ、彼はその折角の気持ちを無下にするのも悪いと思ったから、冗談半分に、バイクが欲しいと言った。無論、父親はそこで初めて息子の二輪免許を持っていることを知ったのだが、彼自身、単車乗りであった為に嬉しく思い、それから数日後に、中古ではあったがまだ大分新しいホンダの250ccを買って来た。父親はこれなら東京でも役に立つだろうと言い、自分で強請っておきながら、充樹はこれにはかなり驚かされた。父親は息子のそんな様子を見てますます得意になった。どうやら、仕事が上手く行っているらしいぞと息子は父親のそんな様子に、小さく笑った。

一方、彼の母親は元から手の込んだ食事を作ったが、息子の為に一段と力を入れ、毎日の夕食には充樹の好物である魚料理ばかりが食卓に並べられた。それらは量がいささか多過ぎもしたが、いずれにしても、久々の栄養のある食事に彼の身体は張りと艶を順調に取り戻しつつあった。

その日も、彼はさすがに食べ過ぎると思いながらも自分に用意された夕食をすべて平らげた。そして、その後で、ちょっと一眠りしようかと充樹が自室に戻ったところで、誰かが彼の家を訪ねて来た。その来客には下にいた母親が応対をし、ところが、それから彼女は階段の踊り場から充樹を呼んだ。彼は既にベッドに入り目を瞑っていたが、その声に部屋を出ると、階段を下りながら誰が来たのかと母親に訊ねた。が、彼女はまったく知らない人間だと、いくらか怯えながら、不思議そうに首を振った。はあ……、お袋も見たことのない人間が俺を訪ねて来た？　彼も不思議に思い、一度足を止めると、相手は男かと訊いた。母親は頷いた。

充樹が玄関口へ一人で出て行って見ると、そこに立っていた相手は知らない人間ではなく、瀬川だった。しかし、瀬川は髪を後ろに長く伸ばし、縁の太い眼鏡を掛けていたから、年も充樹と同じにはとても見えず、二、三度しか会ったことのない彼の母親がわからないのも無理はなかった。充樹でさえ、それが瀬川であると気付くのに数秒を要したくらいだった。

二人はそれから、ごく簡単に挨拶程度の言葉を交わすと、瀬川には一先ず庭に待っていてもらい、充樹は再び自室に引き返した。そして彼はシャツを着替え、ジーンズを穿きながら、瀬川のこの突然の来訪に余り好い気はしていなかった。それは充樹が家族間にのみ生まれる特別の親和に、この数日の間殆んど甘え切っていたからであるが、とにかく、その円い雰囲気に意図せずとはいえ水を差されたように思い、彼は瀬川に対して、どうしても怒りに近いものを感じずにはいられなかった。

二人は連れ立って道へ出ると、会話をする暇もないほど近くの喫茶店に入り、店は混んではいなかったが、一番隅にある静かな席を選んで座った。充樹と瀬川の顔を合わせたのは勿論、一月や二月振りという訳ではなかったから、落ち着いて向かい合えば何かしらの話が始まるだろうと充樹は考えていたが、それぞれにコーヒーが運ばれて来ても、瀬川は黙ったままでいた。自分で訪ねて来ておきながら、と相手のその横柄な態度に充樹は一層腹が立ったが、それだから、彼のほうが話し出すより他なかった。充樹はコーヒーを一口飲んでから、今は何をしているのかとやや強い口調で、大雑把に相手に訊ねた。すると、瀬川もコーヒーを飲んだ後で言った。

「何をしているということもない。ただ、今は実家に世話になっている。と言っても、半年くらい前からだけれど」

それを聞くと充樹は、なるほど、それなら想像力の欠落した人間がそれでも豊かに過ごして行けるように支援をするあの施設を、彼は既に脱けているのだと思った。

「君のほうは、実家に暮らしている訳ではないだろう？」

と、今度は瀬川が訊ねた。

「うん。俺はそのうちに東京へ帰るよ」

「東京？」

充樹は頷いて見せた。

「少し前から、東京に部屋を借りている」

充樹がそう言うと瀬川は再びカップを手に取り、へえ、と小さく洩らした。

「それまでは、どこにいた？」

「それまでは」と、充樹もカップを取り、余り多くを語らないほうが良いと、彼は即座に判断した。

彼の、多くを語るべきではないと考えたのは、相手を敵であると心に決め付けていたからだった。と言うのも、元から芸術の傾向にあった充樹をそちら側に本当に引き摺り込んだのは他ならぬ瀬川であり、大学を辞めた今、人並み外れた行動力や決断力を兼ね備えている彼は、充樹には殆んど敵のようにしか映らなかった。

「それまでは四国やら、西の方を転々としていた」

「海は美しかった？」

「まあ、それなりに」

充樹が瀬川を敵と見做したことにより、自ずと話題が限られたのもあるが、長らく会っていなかったからといって、必ずしも話が弾む訳ではなく、二人揃って沈黙をしている時間のほうが圧倒的に多かった。そんな風にしてやがて時刻は午後九時を回り、閉店の為に、二人は勘定を払って外へ出た。が、これまでの楽しくない遣り取りから二人が次の場所を目指すはずもなく、さよならを言い交わすと、彼等はそこで解散した。

しかしながら、この時のそのさよならを充樹は、今生の別れのつもりで言ったのであったが、それから四日後の月曜日に瀬川が再び彼の家を訪ねて来て、そして冒頭に戻る。

Ⅳ

冒頭へ戻り、二人は充樹の家の庭にあるガレージの中にいた。そこへ、これも庭に置いてあったテーブルとチェアを一対、持って来て揃え、気温は二十五度を超えていたから、シャッターは開け放しておいた。蟬の甲高い声が、ずっと遠くの方からも、庭に生えている松の木からも絶えず聞こえていた。

充樹は前回と同様の手持ち無沙汰に新しい煙草に火を点け、彼の吸っているのはキャメルであったが、瀬川のほうはホープを吸っていた。瀬川はその一本を早々と吸い終えると、テーブルの上の輪切りにされた缶に五、六度目の投下を行い、今度はジーンズのポケットから、銀色の傷だらけのシガレット・ケースを取り出した。その中には、四本のピースが入っていた。彼はそのうちの一本を摘み上げると、半分に千切り、どこからか出した煙管に片方を挿し込んだ。そして、マッチを擦って火を点けた。瀬川はその濃い煙をゆっくりと口から吐き出しながら身体を左側に回転させ、そこにはバイクが三台、所狭しと並べられていた。

「どれが君のもの？」

それらをしばらく見比べた後で、瀬川が訊いた。

「真ん中のだよ」

充樹が答えると、瀬川はその一台を改めて眺めた。充樹も自分のバイクにぼんやりと目を遣り、ついさっきまで走らせていたから、タイヤにこびり付いた泥がまだ乾き切ってはいなかった。

二人は吸い殻を灰皿に捨て、瀬川は充樹の座っている方に再び向き直った。それから、充樹は思い切って口を開こうとしたが、それよりも先に瀬川が言った。

「君は、あれからKには会ったかい？」

「K……？」

その不意を突く質問に充樹はやや口籠り、遅れて首を横に振った。

Kというのは高校時代を共にした同級生であり、充樹、瀬川、Kと、その頃のもう一人の仲間だった。

「そうか」と、瀬川が言った。

「君は会ったのか？」

充樹が訊くと、瀬川も首を振った。そして彼は残しておいたもう片方のピースに火を点け、どこにいるのかもわからないKの、現在を思う時間が暫し流れた。

「あっ……」

蟬の鳴く声も忘れ掛けていたところへ、充樹が突然に小さく呟いた。

「どうした？」と、瀬川は顔を上げた。

「そういえば、一年くらい前にKと連絡を取ろうとしたことがあった」

「でも、上手く行かなかった？」

「そうだ」と、充樹は頷いた。「番号を覚えていたAに、Kの連絡先を教えてくれるよう頼んだけど、その時にAからKが俺のことを怖いと触れ回っていると聞かされて、それで、やめたんだ」

充樹は話しながら、事の顚末をすっかり思い出した。序でに言えば、それは一年前ではなくて、二年前に起きた出来事だった。

「やはりね」と、瀬川が言った。

「何が？」

「いや、改めて、平凡な人間だと思っただけさ」

そう答えると瀬川は唇の端を曲げ、充樹には、相手が何のことを言っているのかわからなかった。

瀬川はそれから煙管をテーブルの上に置くと、どうやら話の先を続けるつもりでいるらしく、充樹にも喫煙をするように促した。仕方が無く、充樹は新しい一本にオイル・ライターで火を点け、瀬川はまたもやホープに火を点けた。

「Kがどうして君を怖がっていた……や、未だに怖がっているのか、わかるかい？」

瀬川が訊ね、充樹はいいやと首を左右に振った。

「それはね、彼が本当の意味で自分を持っていないからさ。その当時から俺は俺として、純粋に個人としてあり、君のほうも純粋に一個の人間としてあった。だけれど、彼だけは俺や君の他人を滅茶苦茶に混同した、歪な何かでしかなかった」

煙を口から真っ直ぐに吹き出し、瀬川は続けた。

「確かに、彼は早熟だったよ。俺は中学時代の彼のことも少しだけ知っているけど、彼は周りにいる誰よりも成長するのが早かった。十四歳にしては、酷く大人びていた。けれども、甘過ぎる両親や彼自身の性格から、彼がその頭に天才を宿すことは遂になかった。それどころか、はっきり言って、彼は頭が悪過ぎた。だから、途中からは誰からも置いて行かれていた」

自我云々の話は別として、当時を思い返してみても充樹はKに、頭の悪さは特に感じられなかった。

「君は一緒にいても感じなかっただろうけれど、それは君が優しいからだ。しかし、俺は性根が曲がり切っているからね、本人は懸命に隠そうとしていたがそういうところばかりが目に付いたよ」

二人はたっぷりと煙を吸い、肺に送り込んでから、同時に吐き出した。

「笑わずに聞いてほしいが俺は彼のことを真剣に、……いや、よそう」

と、瀬川は何かを言い掛けたが途中で気が変わったらしく、煙草を口に咥えたまま黙った。充樹も燃えさしを唇の間に挟んだまま、黙っていた。

「そうか。それなら彼は、最早死人の生活を過ごしているのか」

それから、瀬川は独り言のようにぽつりと言った。

この百分ばかりの間に煙草の匂いはガレージの隅々にまで染み付き、耳を澄ましてみると、未だに激しく鳴き続けているみんみん蟬に紛れて、少しずつ蜩の声が聞こえ始めていた。

「ところで」

庭に出て風に当たっていた充樹が戻って来ると、瀬川が言った。

「ところで、前々から俺は君を訪ねようと思っていたんだ。そこへ最近になって、偶然君の姿を見掛けたものだから、こうして会いに来た訳なのだけれども……。まあ、とにかく、もう一人とは二度と係わらないだろうが、君とは是非これからも懇意な間柄でいたいと思っている」

と何だか、まるで前回がなかったかのような口振りであったが、しかしその言葉に充樹は瀬川に対して抱いていた警戒心を殆んど失い、一瞬、知り合ったばかりの頃に還ったような懐かしい感じがした。実に、軽薄である。我ながら軽薄だと彼も、内心に苦笑をした。それだからという訳ではないが、別れ際、ホープを切らした瀬川に充樹は、キャメルの残りをすべて渡してやった。

V

日の昇り始めたばかりの涼しい時間帯が良いと考え、空にまだ月の浮かんでいる薄暗いうちに充樹は家を出たが、しかし、目的地を直前にして彼はその場所までやって来たことをやや、後悔していた。日は既に出ていたが、充樹の進んでいる山よりも低いそれに殆んど隠れていたから彼の周囲の空気は程よく冷たく、露に濡れた緑の香りも胸に心地よかった。が、空気や、時折吹く風がいくら冷たくとも、急勾配を歩いていれば否応無しに身体は火照り、汗もかく訳で、それらの事が彼を酷く苦しませていた。それから、彼方此方にうねりながらも、人間の通れる道は辛うじて途切れることなく先に続いていたが、そこには必ず三メートル間隔に蜘蛛が巣を張っていた。他には道はなく、そこを行くしか方法はなかったが、彼は蜘蛛が大の苦手だった。

坂をようやく上り切ると、そこには枯渇した小規模なダムが当時と変わらずにあった。充樹は今度は、滑りやすい傾斜を転ばないように慎重に下り、複雑に絡み合った蔓や流木を跨いで行くと、一先ず、砂に汚れたコンクリートの上に座った。その場所からあと五歩も前に進めば、二十メートル下に真っ逆様だった。充樹はふと後ろを振り返り、数年前には通れた細い道は今は、倒木により完全に塞がれていることが遠目にも見て取れた。それでも、呼吸が整い汗が引いて来たところで彼は立ち上がって歩いて行き、やはり、太い倒木が何本も積み重なり、更には土砂崩れにより、道自体が跡形もなく消え失せていた。仕方が無く、彼は進むことを諦めたが、その先には一つの滝が流れているはずだった。

充樹が自らの芸術家であることを自覚したのは、瀬川に手解きを受けた為であるが、彼は生まれ付き僅かに懐疑主義的な性質をも具有しており、そうであるから、彼が文章を書くに至ったのにはそれ以外にも明確な理由があった。しかしながら、その訳は他の人々には単純過ぎるほど単純に思えるかもしれないが、それはいつからか、毎晩、彼が凍り付いた滝の夢を見るようになったことだった。彼はいつも氷壁のように分厚いそれの前に片足に体重を掛けて構え、目が覚めるまでの間、延々とその場に立ち続けていた。季節は恐らく真冬なのだろうが、何故か、背後にある雑木林からは蟬の鳴く声が微かに聞こえていた。……凍り付いた滝（！）これほどまでに文学的な夢を見る人間が、果たして他にいるだろうか？　いや、きっといないだろう。そんな風にして彼は或る日を境に文章を書き始めたのであるが、彼だけが存在を知っているその宿命的な滝が、倒木やらの向こう側には今も流れ続けているはずだった。
当然ながら充樹はいつしか滝の夢も見なくなり、現に今日も、恋い焦がれ憧れ続けた御仁の、然し、其れを遥かに超えているであろう滑らかな肌触り、触れ心地に嬉しくもやはり、悲しく、目は覚め、その遣り切れない思いに二度と眠れず、彼は懐かしいこの場所までやって来たのだった。ここへは、瀬川やKとも何度も訪れていたから、そういった意味でも充樹には思い出の深い場所だった。彼等はここへ来ると必ずギターを掻き鳴らし、誰にも遠慮をすることなく大声で歌った。時には、そこら中に転がっている枝や枯れ葉を集めて焚火をすることもあった。その焦げ跡は今でも、砂の下のコンクリートにくっきりと残っていた。

ところで、彼は日頃から夢を見過ぎる為に、それに対して独自の思想のようなものを持っていた。彼は元々、人間としての才能を、ひとつひとつの概念をどこまでそれ自体に近付けて認識することが出来るかという部分に見出していたが、これは、そんなことが可能であればだが、その人間の眠っている間に見る夢を覗けば一目瞭然であると、彼は考えていた。まず、現実と言うものはおよそ記憶と想像力の二つから成り立つが、夢と呼ばれる現実の一部は主に記憶によりのみ成り立ち、しかしながら、他の人間であっても、自分は夢を見ていると気が付くことが稀にある。そういった場合には、何らかの理由により想像力が夢中にも働いている訳であるが、想像力の働こうが働くまいが、夢にはいつでも時間と空間の概念が確かに組み込まれている。それは単に、人間が時間と空間を取り去った状態、或いは状況を未だ嘗て経験したことがないからであるが、裏を返せば、誰しもが時間と空間の概念を殆んど完全に理解しているという訳なのである。しかし、問題なのは、その他にいくつの概念を現実に基づいて認識出来るかということであり、例えば——靴を靴として、国境を国境として、性を性として、バタフライ・ナイフをバタフライ・ナイフとして、といったような具合である。彼によれば、認識をしている概念が一つでも多ければそれだけで、その人間の思考可能な範囲は相当に広がるのであり、それにしても、夢中に現実では有り得ないような大混乱ばかりが起こるのはそれは要するに、現実の諸々の概念を想像力なしに、それ自体に近付けて認識出来ていないからなのである。

そして更に、充樹は、夢には常に自らの本物の欲求が現れて来るとも考えていた。

それだから今の彼は、夜更けの夢に見たその女にもう一度だけ会いたいと、本当に心底から願っているのだった。……

周辺をふらふらと散策していると、充樹はふと足下に無気味に鋳割れた骨を見付け、そのすぐ傍には、それなりに深く掘られた不自然な穴があった。それから、彼は元の場所に戻る途中に、と或る拾い物をした。が、腰を下ろすと一先ず、彼はジーンズのポケットからキャメルとオイル・ライターを取り出した。そして、箱から抜いた一本に火を点けた後で、彼は先程拾ったものを左の掌に転がして見た。それは全体に土がこびり付いている上に、くしゃくしゃになっていて、底部の刻印すらも赤錆により読み取ることは出来なかったが、充樹には、それが散弾の空薬莢であるということがわかった。更に、地面に開けられた穴の正体は誰かがそこに括り罠を仕掛けた跡であり、落ちていた骨は、狸の頭骨だった。充樹には嘗て、狩人を目指していた時期があったから、そういった事柄については彼は、少しばかり詳しかった。

空薬莢と吸い殻を奈落の底に弾いて捨てると、充樹は続けて二本目に着火をした。

結局のところ、彼は狩人にはならなかったが、その当時なけなしの金をそれに注ぎ込んだ為に、せめて得た知識を文章に繋げ、今こそ元を取れないものかと彼は考え始めた。しばらくの間は、彼は小さく唸ったり、地面の砂を指で悪戯したり、不意に思い出したように立ち上がって見たりと、そんなことをひたすらに繰り返していたが、四本目の煙草を吸い終えたところで、彼の頭の中には二つの物語がぼんやりと纏まっていた。

その一つ目は、狩猟を生業としている男が自らの仕掛けた罠に誤って引っ掛かり、そして、そこへ身動きを取れずにいる可哀相な動物の蟀谷をこれまた誤り、持っていたライフルにより撃ち抜くといったような物語であり、二つ目のは、自身も動物であるということをすっかり忘れ去り、その他には特にやることも見付からないから愛護と称して獣を庇う男の話であり、彼は或る時、捕らえられた牝鹿と狩人の間に割って入り、相手との口論の末に、大いに結構と進んで撃たれ、しかしながら、後ろにいた牝鹿も弾に貫かれる。死ぬ。

やっぱり、面白くないかな……？　と充樹は考え直しながらしかし、彼には、それらを本気で文章に書き起こすつもりは端からなく、それどころか、彼は全部の文章から一度、距離を置きたいとさえ思っていた。誰が何と言おうと、彼が正真正銘の芸術家であることに間違いはなかったが、近頃は、彼はいっそのこと芸術家の肩書きをかなぐり捨て、それでも芸術により食って行こうではないかと、何か殆んど妄想のような事を密かに、心に思い描いていた。そして、充樹のそんな非現実的な目論見に拍車を掛けたのも、また、今日の日にいささか毛色の異なる夢を見た理由も、すべては恐らく、彼の前に再び姿を現した瀬川だった。当然ながら、瀬川も他と同じ一人の人間ではあるが、彼からは、現実の生活の匂いがまったくと言っていいほど感じられず、その独特の雰囲気に、神経の衰弱し掛けている充樹は思い切り当てられているのだった。

あっ！

現実と言えば、非現実。ここには、しかし、落とし穴が隠されている……一先ず、延長によって喩えるとして……純粋に、それの長過ぎる事について言及をする時、人は次に何を連想するだろうか？　無論、距離的な短さについて。やはりこれは、記憶と想像力との間に、初めから決定されている形式なのか、それとも……性質上、対極的の位置にそれぞれが成り立っていたとしても、何か一つの事柄に共通の部分であると認識をしていれば……それらを互いに、余りにも強固に結び付けてしまう。この事は、人間の認識能力の限界であるとともに、つまりは、言語の不可能性でもある……それだから………過剰な平和主義は戦争の引鉄になり得る、果たして本当に?……た。

突如として充樹の頭は回り始め、それはその全体に、鈍い痛みを覚えるほどだった。

単車の次には車が欲しいよな、黒か白のおんぼろ車が! 車の本質は……車の本質は、或る地点から或る地点までの……移動の高速化にあるだろう。けれども、それを人間が操る限り、……必ず事故が発生し、あんな鉄の塊に衝突をされれば内臓が破裂するなりして、誰かしらは死んでしまう……しかし、だからといって、わざわざ車を降りて、徒歩で移動する人間はどこにもいないだろう。それならば、我々にとって自動車による高速移動は絶対に快いが、自らがそれに乗らなかった場合の他人の生存は、特に快くはないということになる……ひ、人殺し……

遂には吐き気すら催し、それをどうにか鎮める為に彼は、自然の清い空気を何度も深く吸い込んだ。

世に言葉の存在する理由の、その幾目かに於て、
心の感覚の速度をも挙げる事が出来るけれど……
けれども、全て言語より始まる
全て言語より始まる、

　様々の立場の
――其等の要る要る、要らない、
　要る、要らない?……

要らない斬首。

やっとの事で山を下りると、充樹にはこれから七キロの距離を歩き通す元気は残っておらず、彼は家に帰るのよりはやや近い、父方の祖母のところを訪ねることに決めた。彼の祖母は昔から涙脆い質であり、孫である自分に気付けばきっと泣き出すだろうと充樹は思ったが、やはり、その通りになった。広い畑に胡瓜や茄子の野菜を収穫していた祖母は、やって来た彼の姿を逸早く見付けると「充か……？」、とおそるおそる訊ね、彼がそうだと頷くと、途端に大粒の涙を流し始めた。充樹はそんな祖母を力強く抱き締めたくもあったが、短く挨拶だけを済ませると、彼は家の中へ小走りに入って行った。早いところ日蔭に隠れたいのもあったが、何よりもこの炎天下を進み続け、彼は喉が酷く渇いていた。彼は台所へ行くと、息をすることも忘れてがぶがぶと大量の水を飲んだ。

その後で彼が居間へ入ると、祖母も既に畑から戻って来ていた。二人は座卓を隔てて向かい合い、祖母は今度は泣かず、満面に笑みを浮かべながら改めて充樹のことを見直した。彼のほうも久し振りの祖母の姿をしみじみと眺め、最後に会った時から別段変わった様子もなく、安心した。それからふと、祖母は思い出したように腹は空いていないかと充樹に訊ね、彼はそこで自分の腹を空かせていることに気が付いた。それもそのはずで、激しい運動に加え、壁の時計に目を遣るとあと少しで正午を回ろうとしていた。取り敢えず、二人は昼食を取ることにし、充樹は祖母がその支度をするのを手伝った。簡単にそうめんを茹で、鶏肉を焼き、特に、畑で採れたばかりの野菜のサラダが美味かった。

そして食後のコーヒーを飲みながら、充樹は予想した通りに祖母にあれこれと矢継ぎ早に質問を浴びせられ、彼は少しの心配もさせないように、なるべく明るく答えることに努めた。祖母は一通りの思い付いた事を充樹に訊ね終えると、一応は彼の暮らし振りに安堵をし、それから彼女は、自分の話を始めた。どうやら、最近は彼女は編み物に凝っているらしく、気が早くも、先日に完成したばかりの毛糸の手袋やマフラーを一つずつ充樹に見せた。その次に、彼女は庭に新しく種を蒔いた花のことを話し、充樹はコーヒーをちびちびと飲みながら、専ら聞き役に徹していた。話題は自由自在に、流れに流れ、その時、祖母は不意に話を止めた。

「どうかしたの？」

と、充樹は驚いて訊いた。

祖母は部屋の隅をじっと見つめたまま黙っていたが、やがて、抑えた声で言った。

「今、外で足音がしなかった？」

「足音？」と、充樹は訊き返した。「いや、しなかったと思うけど」

しかし祖母は耳を澄まし続けていたから、充樹は立って行くと、障子を開けて庭の全体を眺めた。

「やっぱり、誰もいないよ」

彼が実際に確かめると祖母はようやく落ち着いたらしく、カップに手を伸ばした。充樹も座布団に戻り、コーヒーに口を付け、一先ず卓上に置かれてある菓子の封を切った。菓子を食べていると、そのうちに祖母が言った。

「充は、関島さんは覚えてる？」

「関島……？」

と少しの間考え、彼はその人物のことをぼんやりと思い出した。関島というのは彼等の遠縁に当たる一人であり、しかしながら、これまでに殆んど関係を持って来ていなかったから、充樹にはその顔までは思い出せなかった。

「何となくしか覚えていないけど、その人がどうしたの？」

充樹がそう訊ねて見ると、明らかに祖母の表情は曇った。彼女は一度座り直してから、両方の手を卓上に乗せた。

「いやね、ここのところ毎日のように、関島さんが家に来るのよ」

「何の為に？」

彼が訊くと、祖母は小首を傾げてから出している両手を重ね合わせた。

「大抵はお茶を飲みながら話をするんだけど……たまに、まだ小さい孫を連れて来ることもあってね」

それは何だか気味が悪いなと考えながら、充樹はふと、ずっと前に母親から関島の話を聞いたことがあると思った。これもやはりうろ覚えであり詳しい事情まではわからないが、彼の母親の言うには、関島は今は亡き彼女の夫――つまり、充樹の祖父――に、若い頃に何か手酷く拒絶をされたことがあるらしかった。

「その人の奥さんは？」

「少し前に、癌で亡くなったばかり」

そして、これは充樹の単なる憶測に過ぎないが、色々の障壁の消えた今になり、関島は報復やら復讐やら、いずれにしても何か良からぬ事を企んでいるのではないだろうか？

「本当に毎日来るものだから、私もちょっと困っていてね」

とにかく、はやめに何とかしたほうが良いと思い、彼は自分の父親に相談をすることを彼女に勧めておいた。

それからは、二人は新しく淹れたコーヒーを飲みながら元の調子に戻って言葉を交わし、帰り際に、祖母は充樹に二万円を手渡した。充樹は一度は断ったが押し切られ、結局はそれを受け取った。彼は祖母に礼を言い、明後日辺りに瀬川と酒を飲みに行くことになっていたから、その時に使わせてもらおうと思った。

Ⅵ

その約束の日になり、二人は午後六時に集まることに決めていたが、それよりも二時間もはやい四時頃に、瀬川は充樹のところへやって来た。

「目が覚めてしまって、特にやることもなかったものだから」

と、瀬川は少しだけ申し訳なさそうに、充樹に弁解をした。

酒を飲むのにはまだ大分はやかったが、充樹のほうも同じく暇を持て余していたから、庭に一緒に煙草を吹かした後で、彼は瀬川を自分の部屋に上げた。この間のようにガレージを使うことをしないのは、そこには時間を上手く潰せるようなものは一つもなく、それに、既にテーブルやチェアを片付けてしまっていたからだった。

充樹はベッドの上に胡坐を掻き、瀬川は隅の方にある椅子に腰を掛けていた。自室に来てはみたものの、ガレージも部屋もさして変わらないなと充樹は思った。

「今までに、君をこの部屋に入れたことはあったっけ？」

「随分と前に……あれは確か、高校の一年の頃だったかな？　一度だけ入れてもらったことがあるよ」

その時にはここで何をして遊んだのだったかなと充樹はぼんやりと考えながら、ふと彼は、机の引き出しに仕舞ってある将棋の存在を思い出した。

「将棋を指そうか?」と、充樹は訊いた。

「いいね。指そう」と、瀬川が答えた。

将棋は充樹の考えていた引き出しとは別のところに入っていたが、とにかく見付かると、二人は部屋の真ん中に折り畳みの低いテーブルを組み立てた。それからその上に小さな将棋盤を置き、駒の数がちょっと心配であったが、ぴったりと足りた。先手は充樹がもらい、彼の2六歩から対局は始まった。後手、瀬川が3四歩。充樹が2五歩。瀬川が3三角。……

そんな風にして勝負は順調に進んで行くように思われたが、しかし、始まってから二十分が経つと、二人の手は殆んど止まった。充樹も瀬川も、それぞれの駒の動き方を辛うじて理解しているだけであったから、攻めも守りもどこまでも甘く、相手から奪った駒の使いどころもわからなかった。それと、二人には共通して意味の無い駒の動きにばかり注意を払う癖があり、それだから、唯でさえ駒の数が少なくなっている中で盤面には一向に変化は見られず、それから三十分が過ぎると、二人はうんざりして同時に降参をした。その盤面は、酷い有り様だった。どちらとも攻守の要である飛車と角行を失い、敵陣に跳んで行った桂馬はそのまま成りもせず、行き詰まり、両方の王はその場から一歩も動くことをせずに、徒に砕けて行く兵士達を眺めているばかりだった。

「これは、俺も君も負けているな」

盤面を改めて見返しながら、瀬川が言った。違いない、と充樹も思った。

二人は小指の爪ほどの駒を一枚ずつ片付け、テーブルから転げ落ちていた香車を摘み上げると、この駒は男と女のどちらだろうかと瀬川が訊いた。

「女だろう」と、充樹は答えた。

「うん。俺も女だと思う。それじゃ君、桂馬は？」

「桂馬は、男」

「そうだ。桂馬はきっと男だ」

「それなら銀は、男か女か？」

その駒を拾い上げると、今度は充樹が訊ねた。

「女」と、瀬川が答えた。「それでもって金将と王将は男だ、勿論」

充樹は頷いて見せた。

その後、少しだけ悩んだ末に二人は、歩兵には男と女の両方がいるということに決め、しかしながら、最後の最後に充樹は飛車を女だと言い、瀬川のほうは角行こそ女だと言い張った。

「だけど、香車が女なら、飛車もやっぱり女だろう」

と、充樹が指摘をした。

「いや、その命知らずは寧ろ男のものだよ」

瀬川は透かさず言い返した。

「無論、女というのも大胆さを持ち合わせているけれど、決して馬鹿じゃない。もっとこう……、女は臨機応変に、自由自在なんだ。それだから、飛車ではなくて角行が女だ」

「そうだろうか?」

「うん。そうだ」

ちょっと聞いたところ、何でもない会話のようでもあったが、そこには二人が他の同性や異性に対して常日頃から抱いている考えがちらほらと、見え隠れしていた。当然ながら、これまでに係わりを持って来た人間は各々で異なり、その為に意見が食い違ったのであり、そこへ二人も気が付いていたから、この話はそこで終わりにした。終わりにすると瀬川は立ち上がり、その場にぐるりと部屋を見回してから、壁際に置かれてある書棚の方へと歩いて行った。

「揃えたな」

そこに並べられている本を全体的にざっと確かめながら、瀬川は言った。実際に、その書棚には三百冊余りの色々の本が隙間なく詰め込まれていた。

それから、彼は最上段の一冊を選び取ると、それを持ったまま傍のベッドに腰掛けた。書棚の上段には主に哲学書が揃えられており、瀬川の選んだのはジョージ・バークリーの『人知原理論』だった。

「これは、面白い？」

瀬川は充樹に訊ねた。が、充樹のそれを読み終えたのは三年以上も前のことであり、彼は今ではそこに書かれている内容を殆んど覚えておらず、特に印象に残っているという訳でもなかったから、彼は面白くないと答えておいた。

「そうだろう」と、瀬川は頷いた。「ところで君は、あの恥ずかしい哲学史者ではないだろうね？」

哲学史者？　ああ、なるほど。瀬川の言わんとする事をわかり、充樹は絶対に違うと首を振った。瀬川は、充樹に再び頷いて見せた。

その後で瀬川は『人知原理論』を開いて適当に文章を拾っていたが、二分ほど経つと彼は本を閉じ、それを枕の横に置いた。そして言った。

「まだ大学に籍を置いていた頃に、仲間に唆されたのか知らないが、この哲学者を語る人間から議論を吹っ掛けられたことがあった」

その話に充樹は何となく興味を惹かれ、彼は瀬川のいる方に身体を向け直した。

「論題は？」と、充樹は訊いた。

「自由と快楽は同義であるか、否か」

瀬川がそう答え、充樹はその論題を心のうちに復誦した。自由と快楽は同義であるか、否か？……

「その事が、この哲学者の探究していたテーマなのかい？」

今度は瀬川が訊ね、充樹は、曖昧に頷くより他なかった。

「そうか。とにかくそれを基に議論は始まったのだけれど、一先ず、君はこの題をどう考える？」

「自由と快楽は同義であるか否か、について？」

「そう」

その問い掛けに充樹はいささか困り、頭を働かせる為にも彼は煙草が欲しいと思った。しかし、自分の部屋の脂塗れになるのは嫌だったから、彼は最初に瀬川の座っていた椅子に移ると、腕と脚を組んで静かに考え始めた。

「同義」

やがて、充樹は言った。

「何故?」

当然、瀬川は追及し、充樹はそうであると殆んど直観をしただけであったから、自らの抽象的な思考を具体的な言葉に変換するのに、更に数十秒を要した。

「人間は」それから、彼は言った。「人間は、自らの意志に従う場合に自由を感じ、また、最中に強い快楽を覚える行動に同時に、自由を感じる。……例えば、何かしらの行為を他人から強制されたとして、それが苦しいものでなかったなら、その人間は不自由は決して感じないはずだろう。それだから、自由と快楽は同義。……人間は自由を望むのと同時に、常に快楽をも望んでいる」

やや簡潔に纏め過ぎてはいたが、瀬川は充樹の言う意味をはっきりと理解し、のみならず、彼は少しだけ驚いたような顔をしていた。

「君が今話したのと殆んど同じことを、俺もその場で言ったんだ」

瀬川は軽く指を鳴らし、小さく笑った。が、すぐに眉間に皺を寄せた。

「だけど、相手はこちらの主張を絶対に聞き入れようとしなかった。と言うのも、そいつは快楽の概念をそれほど重要だとは考えていなかったからだ。なあ、君、そんなことがあるか？」

充樹は首を横に振った。

「それから俺は冗談半分にだけれど、いっその事、自由の言葉を無くして、快楽の言葉だけを残せば良いと言って見た。そしたら相手は、今度は言葉の歪みだとか、そんな話を持ち出して来た」

言葉の歪み、と充樹は思った。

「その事は勿論、俺も知っている。それは確かにある。でも、論題からは逸れていたし、それに、話が飛躍し過ぎてもいた。だから俺は、相手を目の前の現実に引き戻そうと思って、今のお前は自由なのかと訊いて見た。すると、相手はわからないと答えたんだ」

「わからない？」と、充樹は思わず笑った。

「そうだ」

瀬川は真面目な表情のまま頷いた。

「それなら、現状として抱えている人間関係やらの問題を解消することが出来れば、お前は少しは自由を感じるのかと訊いて見ても、わからない」

瀬川はそこで一度顔を背けると、短く強く息を吐いた。

「彼もやはり、哲学史者の一人であったから、空想に空想を重ねるばかりで現実の事柄については一つも答えを出すことが出来なかった」

「それは、酷い議論だったな」

と、充樹は瀬川に同情した。瀬川は頷いた。

「そんなものは最早、議論でも何でもなかったけれど、……けれども俺は、負けたよ」

「負けた、君が？」と、充樹は訊き返した。

「そうさ。俺には相手の頭の中を手に取るようにわかるが、相手には、俺のことは何もわからないからな。それだから、暴力沙汰になる前に負けたと言っておいた」

「なるほど」

瀬川はまだ何かを言いたそうにしていたが、少しの沈黙の後に、彼は借りていた本を充樹に返した。充樹はそれを書棚の元の場所に戻し、そうこうしているうちに、時刻は午後六時を回ろうとしていた。

庭にて再び煙草を吹かしてから、充樹と瀬川とは最寄りの駅まで歩いて行き、電車に乗ると、そこから二駅の距離を移動した。そして、その駅を出て東へ進んでいると前以て目星を付けておいた酒場がすぐに現れて来たが、開店直後にも拘わらず、店内は学生らしい若者達で溢れ返っていたから、二人は無言のままにその前を通り過ぎた。が、それからも目に付く善さげな店はどこも混み合っており、辺りを一周してしまうと、二人は街路樹の横のベンチに並んで腰を下ろした。充樹は解け掛けている靴紐を結び直しながら、どうしたものかと考えていたが、不意に、右隣にいる瀬川が彼の肩を叩いた。

「どうした？」

靴紐をきちんと結んでから充樹は顔を上げて見た。すると何やら、瀬川は正面を指差していた。

「ほら、君、あそこにさ……」

彼等の座っている向かい側には道路を挟んで小さめのビルが二棟、隣接して建っていたが、瀬川はどうやらそこに出来ている、鼠くらいしか通らなそうな僅かな隙間のことを言っているらしかった。

「何がある?」

瀬川の差している指の先に充樹は目を凝らし、後ろの闇に殆んど同化していたがそこに、青色に薄ぼんやりと光る看板を一枚、彼も見付けた。

「何だろうな」と、瀬川が言った。「行って見ようか?」

「行こう」と、充樹は頷いた。

二人は道路を横切ると微かに濡れているようなその隙間に身体を滑り込ませ、近くで見ても、看板に書かれてある文字は掠れていて読めなかった。しかしすぐ傍には木製の扉があり、充樹に確認をしてから、瀬川が押し開けた。すると、そこはやはりバーであり、小洒落た帽子を被った、四十代半ばほどのマスターが二人の来店を歓迎し、案外にも、一人の女が先客として酒を飲んでいた。二人はその女から一番遠い席を選んだが、店自体もかなり狭かったから、相手から二メートルと離れてはいなかった。とにかく座ると、マスターは磨いていたグラスをカウンターの内側の台に置き、二人に注文を訊いた。充樹は少し考えてから、ジン・トニックをと言い、瀬川は辛口のウイスキーをロックでと言った。

それから灰皿を受け取ると二人は煙草に火を点け、酒をつくるマスターの洗練された手付きを眺めていたが、ふと、瀬川の吸っているキャメルの、それの自分の数日前に渡したものであるということに充樹は今更、気が付いた（外箱のフィルムの破れ方が酷かった）。瀬川のほうも充樹の視線に気付き、煙を吐き出した後で言った。

「俺は一人きりでいる時には、煙草は殆んど吸わないんだよ」

灰を落としながら充樹はそのことを意外に思い、ちょうどそこへ、二人の頼んでいた酒が順番に運ばれて来た。二人は煙草を吸うことを止めると、それぞれグラスに口を付け、注意深く様子を窺っていたマスターに向かって、頷いて見せた。そうすると彼は安心した表情で何かの作業に戻り、二人はすぐにまた、煙草を吸い始めた。

充樹と瀬川は酒を飲む為に集まり、ここまで来たのであるが、しかし、それは単なる口実に過ぎず、どちらとも酒をそれほど好きではなかったから、今飲んでいるものも二人は特に旨いとは思わなかった。そうであるから、作業の合間にマスターが瀬川のウイスキーの説明をしたが二人には殆んどさっぱりであり、そもそも、興味もなかった。

各々、相変わらず煙草を吹かし続けていると、反対側で女がマスターを呼んだ。女は、次は飲んだことのないウイスキーが欲しいと言い、マスターは振り返ると、棚にある酒のストックを確かめながら悩んでいた。

「そこの、赤色のボトルのお酒は？」

と、女が訊いた。

「これですか？」マスターは相手の言ったボトルを手に取った。「これは、飲まれたことがありますよ」

「どんな味だったかしら？」

「かなり甘いです」

二人の遣り取りに耳を傾けながら、彼女はこの店の常連なのだと、充樹はぼんやりと思った。

結局、女は赤色のボトルのウイスキーを再度飲むことに決め、マスターは注文通りにそれのロックを手早くつくり、彼女に出した。すると、店内には曲が掛かっている訳ではなかったから音というものが辺りから殆ど消え去り、それを何となく寂しく思った充樹は、マスターに話し掛けて見た。

「趣味は？」

壁に飾ってある静物画を眺めていたマスターは、それが自分に向けられた質問であるとは初めはわからず、そのことに気付くと、落ち着いて帽子を被り直してから満面に明るい笑みを浮かべて見せた。

「趣味ですか。私は結構な多趣味でして、ええと、散歩に読書、それに御輿と楽器……」

彼は両手の指を一本ずつ折り曲げながら、全部で七つある趣味をやっと挙げ終えた。

「御輿というのは？」

それから、充樹が訊ねた。

「お祭りに参加して、他の人達と一緒に御輿を担ぐんです。これが、普段では有り得ないような熱気を味わえて中々に面白いんですよ」

「なるほど」

酒を一口飲んでから充樹は言い、その隣で瀬川も相槌を打った。

「お二人の趣味は何ですか？」

今度はマスターが訊ね、充樹も瀬川もギターだと答えた。

「他にドラムやサックスなどもやりますが、私も主にギターを弾きます。因みに、メーカーはどこのものを使われていますか？」

マスターと先に瀬川の話している間に充樹は新しい煙草に火を点け、ちらと女の方に目を遣ると、彼女はさっきまで紙にペンで何かを書き付けていたが、今は酒を飲みながらこちら側の会話を楽しそうに聞いていた。しかし、それもそのはずであり、マスターはさすがに話が上手く、更に、その広げ方も素晴らしく上手かった。それまで楽器の話をしていたつもりが、気付くといつの間にか話題は「電柱と電信柱の区別について」、へと移っていた。充樹と瀬川は相手の本物の話術と博識さに感心しつつ、その途中に、女が何やら小さく声を洩らした。マスターは話を中断した。

「お邪魔しちゃって、ごめんなさいね」

と、女は慌てた様子で取り繕った。が、他の三人は電柱と電信柱のことよりも、彼女がたった今思い付いた事のほうが余程気になった。そして、その雰囲気を察したのだろうが、彼女はもう一口酒を飲んだ後でマスターの方に向き直った。

「あのね、偶然この前白井さんに会って、それで彼に訊いてみたのだけど、あの話は本当なのね？」

彼女はカウンターに前のめりになり目を爛々と輝かせていたが、マスターのほうはどういう訳か、具合の悪いような顔をしていて、その質問に対しては一度頷いて見せただけだった。

「二ヶ月ほど前に、ここでちょっと不可思議なことが起こりまして……」

それから、彼は話を掴めないでいる二人に向かって言ったが、やはり余り思い出したい内容ではないらしく、それを言及することを明らかに避けている様子だった。

「ところで、お二人は今までに、不思議な体験というものをしたことがありますか？」

マスターのその咄嗟の言葉に充樹は首を傾げ、しかしながら、彼はいわゆる霊的な体験をしたことはこれまでに一度としてなかった。そうであるから、彼は黙って酒を飲み、人々は瀬川の答えるのを静かに待った。瀬川は煙草を灰皿に押し付けて火を消してから、口を開いた。

「あります」

「聞かせて頂けますか?」と、マスターが言った。

「不思議と言うのかは、わかりませんけど」

瀬川はそう前置きをすると次の煙草を口に咥えた。が、火はまだ点けなかった。

「お二人は、人魚は居ると思いますか?」

「人魚」と、マスターは確かめるように小声に呟き、顎の辺りに軽く指を触れた。

「居ると思います」

「私も、居ると思うわ」

二人が答えると、瀬川は自分の右隣にいる充樹を見た。

「君は人魚の存在を信じる?」

「信じるよ」

充樹が言うと瀬川は頷き、そこで彼はマッチを擦って煙草に火を点けた。

「人魚は確かに居ます。皆さんの言う通り」

瀬川は、煙をゆっくりと口から吐き出した。

「居るには居ます。断言しますがしかし……、此処ではない、何処かの海にです。申し訳ない、私は今までに、川人魚と湖人魚しか見た事がありませんので」

「か、川人魚？」と、マスターが訊いた。

「ええ、そうです。川人魚は読んで字の如く、川に住む人魚の事でして、湖人魚もまた、文字通りに、湖に住む人魚の事です。そして、一般に言う人魚とは、それは海に暮らす海人魚の事なんです。それらはどれも姿形はよく似ていますが、生活をする場所がそれぞれ異なるのとはまた別に、川人魚と湖人魚とは、どうしても真水の中でしか生きて行けません。その上、川のほうは酷く泥臭く、湖のほうは身体の干涸びやすいんです。海の人魚は手指に水搔きの付いているのだとか幾つか種類が居ると聞きますが、しかし、とにかく皆、性格が残酷なんだそうです」

瀬川は続けた。

「以前、と或る屋敷にて、私は大きな生け簀に鮪や蟹と一緒に飼われて居る湖人魚を見た事がありますが、先述した通り、それは海水の中では到底生きられません。と言うのも、川人魚と湖人魚は、真水に浸かって居ないと徐々に毛やら皮膚やらが溶け出して、終いには、意志の存在しない他の魚共のようになってしまうからです。その雌の湖人魚は、私の事を見付けると主人に気付かれないように、こっそり、『殺してくれよ』と何度も何度も苦しそうに囁いて居ましたが、結局のところ、私には、どうする事も出来ませんでした」

彼が語り終えると、数秒の間を置いてからマスターと女は笑い出し、それは殆んど困惑にも近いかなり微妙な笑いであったが、しかし、この場に於ては多分、それが最も正常な反応だった。

それから、瀬川の人間に強い興味を抱いた二人は交互に様々の質問を繰り返したが、彼はそれらには真面に取り合わずに、煙草を吹かし続けた。のみならず、マスターから湖人魚について詳しく訊かれても、瀬川は決して答えることをしなかった。が、さっきまでの、どこにもふざけたところの無い口振りから、そこにいる誰も、その話を嘘であると決め付けることは出来なかった。

Ⅶ

充樹と瀬川は同じものをもう一杯頼むと、時間を掛けずにそれを飲み干し、勘定を払って店を出た。出て見ると外は雨が降り始めていたから、傘を持っていない二人は駅へと急いだ。

「さっきは、済まなかった」

他には乗客のいない車両に乗り込むと二人は座席に並んで腰を下ろし、それから、瀬川が言った。

「何が？」と、充樹は訊いた。

「いや、俺ばかり喋ってしまってさ」

「気にしなくていいよ」と、充樹は小さく笑った。「君の話は、聞いていて面白かったから」

「それなら、良かった」

電車は次の駅に停まったが、乗客は一人も現れず、彼等のいる車両には沈黙が流れていた。その間、充樹は向かいの窓を通して、外の暗闇をぼんやりと眺め続け、瀬川は自分の足下を見続けていた。

「それはそうと……」

再び発車し、激しい揺れの治まった後で、瀬川はふと顔を上げた。

「それはそうと、あれは美しい人だったな」

瀬川が言い、それには充樹も同意した。少しばかり年が離れ過ぎてはいたが、確かに美しい女だった。……いや、

「君は、女になりたいのか？」

唐突、唐突な問い掛けではあったが、充樹は瀬川の口調に微かに別の憧れが含まれているように思い、そう訊ねて見た。すると、瀬川は脚を組み黙り込み、一、二分が経ってから口を開いた。

「自らの性を本当に理解しないのには、異性を願うことは出来ない」

全く以てその通りであると、充樹は思った。


自分達の町へ帰って来ると、雨は少しも降っておらず、二人は次にどこへ向かうべきかの相談を始めた。やはり、彼等はそれぞれ本来的の自由——或いは快楽——に身を置いていたから寧ろ、夜はこれからだった。

相談の末に、二人は西にある厩舎へ行くことに決めた。以前は、そこには三頭の

馬が飼われていたと充樹は思ったが、着いて見ると、馬は全部で五頭に増えていた。しかしながら、馬房は相変わらず三つだけであり、それだから、屋内に収まり切らない二頭のポニーは馬場に放されたままになっていた。

「ちょっと、遊んで来る」

そう言うと、瀬川は低い柵を飛び越え、サラブレッドのいる厩舎の方へと馬場を横切って行った。瀬川が行ってしまうと、充樹はしばらくは柵に沿ってふらふらと歩いていたが、やがて、彼に気付いた栗毛のポニーがすぐ傍までゆっくりと近寄って来た。ポニーは柵の上に頭を乗せ、充樹がその額の辺りを掻いてやると、気持ち良さそうに目を細めた。彼はそれから、顔を撫で続けながら、ここから逃がしてやろうかと小声に訊いて見たが、真っ黒の一対の瞳は既に、何かまるで違う事柄について考えているように見えた。

瀬川が戻って来ると、彼等は電球の吊るされている屋根の下のベンチへ移動し一先ず、煙草を吹かした。煙草を吹かしながら、周囲には一種異様な静けさが漂っていた。厩舎の方では、一頭は壁を蹴り上げ、一頭は大量の小便を撒き散らし、また一頭は、続けて鼻を震わせた。その他には飼葉を食む柔らかな咀嚼の音が響いていたが、その時、それすらも鳴り止んだ。直後、鼓膜が破けそうなほどの、それまでとは比べものにならないくらいの静寂に、辺り一帯は包み込まれた。明かりの一つもない洞穴の中で太鼓叩きが太鼓を叩いているような、そんな完璧の沈黙の最中、瀬川が不意に口を切った。

「君は、他人に興味がないんだな?」

引き続き、踏み込んだ言葉が飛んだがしかし、二人は酒に酔っている訳ではなかった。最後の最後に、サービスでアブサンを飲んだが、絶対に酔ってはいなかった。

「ないよ」

上手い返しを思い付くことが出来ず、充樹はきっぱりと言った。

「それなら、何故俺とは一緒にいてくれる?」

改めて訊かれると、かなり難しかった。充樹は煙草を指の間に挟んだまま、見上げ、今度は慎重に考えた。

「君は、少なからず天才を持っていると思うし、それに、言葉の色が俺とよく似ているから」

「なるほど……」

瀬川は煙草を咥えたまま深く頷くと、それからまた訊いた。

「だけど、君はこれまでに大勢の人間と係わって来ただろう？」

「いや」と、充樹は首を振った。「話の通じる相手はいなかったよ」

 やや険悪だった雰囲気は次第に和らいで行き、瀬川はそこで、着ていたネルシャツの胸ポケットからおもむろに一冊の手帳を取り出した。

「冗談半分に読んで見てくれないか？」

瀬川にそう言われ、充樹はそれを受け取ると中を開いた。ぱらぱらと頁を捲り、破られている箇所も多かったが、その内容を見るに、どうやら瀬川も今は詩人であるらしかった。そして、彼がこれまでに相当の量の文章を書いて来たということが、充樹にははっきりとわかった。何より、一文字ずつに、他では見られないような特徴が現れ過ぎていた。瀬川は馬場の方に向いて次の煙草に火を点け、充樹は最初の頁に戻ると、ゆっくりと読み始めた。

旅路

昔の思い出の風景が　心のうちに
再び　輝きを取り戻したのは

其処を　暁の夢中に見たからではない
唯、　徒歩のみを生業とするからではない
恋慕の云々の為では　勿論ない

何時ぞやの土地の　脳裡に色彩を

もう一度　鮮やかに帯び始めるのは
其処へ至る道を　すべて忘れた時、にだ

雲でも何でも　蜜蜂でも何でも
斑猫だろうが、　私を誘えよ
赤熟れた葡萄の実、　垂れ下がる　木々の立ち並ぶ

正義

口にするその内容、当然の事ながら
それ自体としては間に優劣は無く
両者、完璧に互角でありましたが
——中盤、終盤に諺のみならず慣用句、一般論を連発
結局、七人を超える過半数を丸め込んだ
——自分も含まれます
一方の側の圧勝でした。

しかしながら、後で思い返してみて私、
そこに何の正義が宿れるや

あたりき

と或る日のこと
カンカン照りの空のもと、
　どぎつい光を放つ最終兵器に
此れは一体、何の間違いかしら?
　大山椒魚（!）一匹、
　　這って居た……

まるまると肥った其の大山椒魚は、
急の轟音におどろき
ふたたび住み処へと戻り、
番になった

問

度の過ぎる喜劇が、時として
痛ましい程の悲劇に、新になる様に
徹底をし尽くされた習慣は、
詰まらぬ切っ掛け一つに、
未知の領域へと踏み込み

端から選ばれて在る人間は、
極身近の概念を、記号では無しの

本来的な感覚として理解し
想像力無しの、記憶それ自体に
思い切り深く取り込み、

定着をさせる　正にその刹那、
瞬間は、人生の意味そのものを
やや、凌駕しているのでは
なかろうかと私は、神に問う。

何たる、ノスタルジア！……

と或る用事から懐かしい土地に赴き、
それから私は、ふと思い付いて、
その頃に入り浸っていた山中の廃屋へと立ち寄って見た。
そうして、鍵の壊れ掛かった窓を開けるよりもはやく、
私はその中身の、ガランドウになっている事に気付いた。

私は、汚れた、曇り硝子の側にじっと目を凝らし、
やはり、そこは全くのガランドウとなっていた。

しかしながら、これだけ広い屋敷の、
二月三月の間にすっかり空に出来る筈はなかったから、
相当前より、その準備の始まっていたに違いなかった。……
あの時に若し、持主やらと鉢合わせしていたなら、
私は今頃どうなっていた？

(子)象

動物園に、住まう彼等に
自殺の芸を仕込む事は
これ果たして、
可能だろうか?

見ている目の前で
——例えば、一頭の象。
そいつが、ピストルなんかで自らの命を絶ったなら

私は、私だけは、立ち上がって
泣きながらの拍手喝采！

その為には先ず、
長い鼻の動かし方から躾け
最後の最後に
そこへ、兇器を握らせてやれば良い

おや、これは予期せぬ……
自殺の正体見たり

美しい夢

「哲学」
本来、それは習慣的の習慣や対外の関係により、そこから意識を逸らされる様な物であってはならないのだけれども、
直観、反射、記憶力等の様に、それは根底に、必ず本当の知識として存在しなければならないのだけれども、…………
然し僕の一代には叶わずとも、遺伝の呪縛

を断ち切り、打ち破り
此処からきっと、新たに血筋が始まるだろ
うからと

——

僕の嘯く儘に抱かれてくれた貴女
喩えるなら僕を、猫
何時も先生と呼び慕ってくれた貴女よ、
今なら、何処に居るのか？
もう一度だけ、

新しい喫煙

月の雲間に見え隠れする、
　夜更けも夜更け
　　暗も暗

喜怒哀楽等の基礎感情の味は、
一本目の煙草によってのみ、味わう事の出来る。
例えば、来月分の家賃を解決した後でなら、

それは素直に喜びと二口には、安堵の味がするし
運よく隣人の存在があれば、この場合には至極真っ当
重厚な、文学的孤独の甘味が口内に一杯に広がる、
　両肺は爛れる。

まあ、一度、自身で試してみる事だよ。
その時には恐らく、毒煙の為では無しに
とめどなく涙が、出るわ出るわ。

C・Bに捧ぐ

此の俺にも、どうやら
神様は付いて居るらしい
俺を心友と呼ぶ男の
彼の背後に、今日の日
其の姿をはっきりと見た

俺を心友と呼ぶ男——

俺は彼の事を一番の屑だと思って居るが、
いずれにしても、濡れ犬の様に見窄らしい彼と其の一族とを
自らの存在を示唆する為だけに、俺の前に現したのだから
神様は此れは案外、剽軽な奴らしい

でもさ、少しも面白くねぇよ
つまんない
つまんない　つまんない
薄ら寒いくらいだよ、なあ
良くも悪くも真面目の一徹に、
此の世は創られて在ると思って居たのにさァ
……………

だったら、仕方が無いよな断言
——神は最早、神ならず
只今よりワタクシハ——……
戦死を遂げた、自殺者の霊魂のみを畏れます

緘　黙

これまでに既に
四度の経験のある母親が、
本当にこれっ切り、最後と
五人目を身籠った。

——次の年の春、
男児を出産、

逆児ではなかった。

その小粒の男児の名前は、随分と早いうちに決まっていた。彼の父親がたっぷり一晩を掛けて、考えた。生きる事の悦びを、君知る、……

そんなような、新しい風の、響きの良い名前であった。

ちょっと、一言。

六人目の、きっと女児は殺して置くのか云々。

誤謬

五十四方の踏み場を足場で無しと判断する事など

走馬灯

常日頃の
平生からこの、走馬灯の真っ只中に
過ごして居るけれども、今日は
特段に、走馬灯の一日でした。

野鳥観察の奥さんと、川辺に
暇潰し序でに、白鷺を眺めて居ると、
ば、ば馬鹿な！……僕にはその鳥が

ニッコリ、と笑むように思われました。
のみならず、帰路も半ばに見付けた
真新しい、無傷の蛇の死骸を僕だよ。
これは、僕だよ。僕は蛇だよ。…………
一寸、今の自分には表現を出来ぬので踵

返しまして、奥さん。でぶの奥さん。
自殺に善悪の在るならば、野鳥の観察にも
また、それが必要なのじゃ、ないカナァー。
自殺は悪なりや？

四十七面鳥

大熊の出没する為に、堪らず
神様の夜逃げした深山の斎殿にて、
其処の賽銭箱に五円を投じや、何がどうなるのか?
　等とぶつくさ洩らしている此の僕は、
詩なぞにも、半ば、飽いてしまった。

斯うして、机の前に書くからには
嘘は成る可く吐きたくはないが、無論

虚言に終始、徹する事も出来るには出来る。

（巷、市場にて其の事は一目瞭然だろう。）

のであるから、皆々様――

文章よりも先ず、其の人間。必ず、生き様でありましょう。

そんな訳で、此れは本当の話、私はシベリア出兵をしみじみと懐かしむ一羽の鳥です。

宙少女

お国を何百里と離れて異郷の地にて、
漸く巡り会うた、運命の相手に哀しくも
今生の別れを告げる事よりも、
惚れた人の初めから、此の世に肉体を持ち
合わせていない事の方が、必ず何倍も辛
く、寂しい事です……。

何時でも会話のうちに、快楽と退屈の言葉

を好んで用い、しかしながら、
此方の口にする自由と平和の、其れ等の二
語には、
何よりふしだら、淫らを感じ、サッと赤面
してしまう様な華奢の少女が一人
嘗て一人、僕の夢の中には確かに存在しま
した。

反私

凡そ百分の一の確率の
双生児を、個々に独立させる
条件とは何であろう？
肉親に限らずとも、各々を
一人の存在たらしめている
前提は、果たして
――
身に負う、障害の度合いであるか？

それともまた、只管に
連続をする今日に於て、私が私を
自称する事の出来るのは、
反私ながらも、未だに
一年を暮らしただけの北国の
荒海が、此の魂に映っているから?……

晩熟
狂い咲き

人気の無い
夕暮れ時の浜辺にて、
水面の反射する
黄金色の美しい光を
前髪に透かし、そこへ
近未来的の戦争風景を
絶えず眺めながら、

詰まる所、
自分は芸術家では無く
いいや、寧ろ
それら全てを包容した、
一個の芸術品として
今からは、
生きるべきなのだと
自覚をしました。

VIII

「グッド・バイ」

「……死ぬなよ」

二人は踏切の傍で別れたが、充樹の様子に危うさか何かを感じ取ったらしい瀬川は、最後にそう言った。実のところ、瀬川の芸術に打ちのめされた充樹は、それまでの会話の内容を殆んど覚えてはいなかった。が、さっきから何だか、彼は涙の出るほど清々しい気分でもあった。

充樹は瀬川に背を向けるとそれから、いきなり駆け出し、彼は今からでも東京に、孤独に帰ろうと心を固めた。その決意により、この先に経験をするはずであった何やら寵愛の瀬川の妹に、兄のご友人の方ですか？　黒猫の話などの怪奇と廃墟も、伊豆への旅も、瀬川から新たに明かされるはずであった秘密も……、全てが絶たれてしまった。しかしその代わりに、それらとは別の希望が彼には無い事もなかった。

あとがきにかえて

美人図

貴方様にこうして、お読み頂いているという事は……あああ、ごめんなさい、ごめんなさい……。

貴方様に、本当に、お読み頂いているという事は、私という一つの詩は、信じたくはないのですけど……すでに死んでしまったという事なのでしょう。

いえ、いいえ……違うのです。このいま、この瞬間に、私は確かに生きているのですけど、

……それでも、いずれは消え行くこの私ですから……、ほんの僅かばかりを、ここへ、仄めかして行く事をどうか貴方様、お許しくださいませ。

私の主人の、いつも言います……。

「奴等は自らの過去を、例えばそれは、取るに足らぬ在り来りの幼年時代だとか、恋人と暮らした、青年時代だとか、それから後は、極々最近に綴った二三行の文章までもを、奴等！

あの忌々しい芸術家共等は、それらの詰まらぬ物を、往々にして、何かの宝玉の如く、大切に扱うものなのだ……」

ええ、ええ、……そうなのです。私の主人は事ある毎に、怒りに打ち震えながら、この文句を口にするのです……。

そして、私の思います、彼自身、芸術家である事に間違いはないのですけど、私の主人だけは言葉通りに、自らの過去の如何なる事柄についても、少しも興味を持っていないようなのです。

……いいえ、貴方様、お笑いになられてはいけません。これは、本当の話なのです。その証拠として、私は、これから——。

ああ……もう、こうなってしまえば、自棄です。いまからそう遠くはない、未来の、その時には高が書留の私を、焼くなり切り刻むなり、どうぞ貴方様のお好きになすって！……

著者プロフィール
外川 みのり（とがわ みのり）
2002年、山梨県生まれ。

神ならず

2024年5月15日　初版第1刷発行

著　者　外川 みのり
発行者　瓜谷 綱延
発行所　株式会社文芸社
〒160-0022　東京都新宿区新宿1－10－1
電話　03-5369-3060（代表）
03-5369-2299（販売）

印刷所　株式会社暁印刷

ISBN978-4-286-25424-1